おじゃんこら

青山かつ子

表紙　内山懋《つとむ》
カット　清水郁菜《かな》

おじゃんこら　目次

I

II

Ⅲ

I

虫のたんけん

こもれびをぬけて
こどもがかけてくる

「どこいくの」
「虫のたんけんにいくんだ」
小学生のお兄ちゃん
「だんご虫とかこがね虫だよ」
幼稚園《ようちえん》の妹がおしえてくれる

トンボの目玉を
ぐるぐるさせたり
つる草をひっぱって
しじみ蝶《ちょう》をとばせたり

より道しながら
麦わらぼうしのお兄ちゃんと
赤いくつの妹が
金色の
イチョウの下をかけていく

おともだち

電車の座席《ざせき》に
ドラえもんをだいた
幼い女の子がねむっている

ちいさくゆれるたびに
ふたつにゆわえた長い髪《かみ》が
ドラえもんの頭をなでる

たっぷり愛されて
よごれている　ドラえもん
それをうれしがっている　ドラえもん

そとは雪がふっている

いっしゅん　誰もいなくなって
女の子とドラえもんの席だけが
やわらかなひかりにぬくもっている

電車はカタコト
子守歌をうたいながら

ふたりの夢の国を走りつづける

公園の風

さくらの木の枝で
花びらをちらしながら
ヒヨドリが
みつをすっています

せせらぎのふちでは
セキレイが
しっぽと頭をピコピコさせて

水をのんでいます

うばぐるまの赤ちゃんが
あたたかい日ざしにくるまって
おかあさんを見つめながら
ミルクをのんでいます

こんなとき風は息をこらし
そっと
そーっと
すぎていきます

さくら貝

海でうまれ
海でそだった
たくさんのちょうちょが
とんできました
江津《ごうつ》から

「暑中おみまい申し上げます」

ひらいた貝のちょうちょは
べにいろに光る翅《はね》を
ちいさくチリチリとならして
はこんできました
友のことばを
日本海のすずしさを
あおいあおい　波の音を

まっしろいレースの上に
ちょうちょをとばせて
さくら貝と友のふるさとを
地図をひろげて見ています

指でたどると
潮のかおりもしてきます

れんしゅう

ホーホーケキョケキョ
うぐいすが
鳴くれんしゅうをしています

となりのマーくんが
リコーダーをふいています

咲いた　咲いた

チューリップの
チューリップの…
リコーダーの花は
まだ　つぼみ

春は
そこまで
きています

声

アオムシちゃんいるよ
ママァ、アオムシちゃんだよ
アオムシちゃん
わたしは植木の水やりをやめ
耳をすます
アオムシちゃんいなくなっちゃった

アオムシちゃんどこへいったのかなぁ—
アオムシちゃん

ポロンポロン
くりかえす
卓上ピアノのような
おさない女の子の声

ママァ、
アオムシちゃんいなくなったよ

ピアノの声が

ふっとやんで
シーンと静まりかえっている
わたしは水やりを再開《さいかい》する
アオムシちゃんと女の子
どこへいったのかしら？

ごめんなさいね

鉢置《はちお》きのブロックを動かしたら
こどものトカゲがじっとしている
背中の皮がむけている
（いたい！）
おもわず目をつむる
ブロックがこすったんだ
（ごめんなさい）　とつぶやいて
目をあけると

もうどこにもいない
そこには黒くてちっちゃな虫が
くねくねしているだけ
よくみるとトカゲのしっぽ

「だいじょうぶ
だいじょうぶ
また生えてくるからね」って
おかあさんトカゲが
なぐさめてくれるといいんだけれど

動かなくなったしっぽを

花のねもとにそっとうめる
（ごめんなさいね）

金魚

金魚が
しんじゃったの

あかくて大きくて
ゆらゆらしっぽが
お花みたいだったよ
金魚ばちのまわりで

うろうろしていた
子ねこのマリも
もう　こない

でもね
お空の金魚は
元気だよ

あかいお花をゆらゆらさせて
ゆうやけのなかを
ゆっくりゆっくり
およいでいるよ

花の声

ベランダに出ると
赤や黄色のポリアンサスの花びらが
すっかりなくなっている

（小鳥かしら）

―こんなことでもしなければ
かまってくれないのね―

などと
花は自分を食べてしまったりして

花にとがめられているようで
それから毎日
声をかけ
あかくなった葉を取りのぞき…

いらなくなったＣＤが
クルクルまわり
ひかりのしぶきをあげる

しばらくすると
こんもりと
はちきれんばかりの花
しきりに小鳥の声
庭の
ゆずり葉のかげで

＊ポリアンサス＝サクラソウ科、色が豊富

夕やけ

さようなら—
さようなら—

たがいにふりかえりながら
女の子が
大きな声で手をふっている

ほんとのさよならじゃないよ—

あしたまたあそぼうね
100パーセントあそぼうね

夕やけに
まるごとつつまれて

信じている
あした　も

晴れるといいね

熱帯魚

おおさむ　ささむをのりこえて
たったいっぴき生きのびた
ネオンテトラ

あかるい窓辺で
きょうも元気に泳いでる
キラッ　キラッ
青と赤の光の筋《すじ》をひるがえして

ヒーターなしの水そうで
冷たい水に
少しずつ少しずつ
体をならしていたんだね

春はすぐそこ
あたたかくなったら
仲間をたくさんふやしてあげるね

しごと

葉っぱをみがくのは
ひかりのしごと
雲をはくのは
かぜのしごと
たいこをならすのは
カミナリサマのしごと

お米をつくるのは

お百姓さんのしごと
泣いてねむるのは
赤ちゃんのしごと
げんかんでほえるのは
犬のしごと

みんながしごとをやすんだら
地球はなまけてねちゃうので
それをおこすのは
神さまのしごと

II

いもうと

いもうとが生まれたよ
りょう子っていうの

ぽやぽやのかみの毛
ふっくらほっぺ
おかあさんのおっぱい
チュクチュクのんで
ふわっとミルクのいいにおい

「りょう子ちゃんは
　わかくて　いいなぁ」

そういったら
おかあさんもおばあちゃんも
おとうさんまでおお笑い

どうして笑うの？
わたし　もう
おねえちゃんだよ

卓ちゃん

おかあさん
卓《たく》ちゃんは　手に目がついているみたいだよ
ぼくの手にさわっただけで
「秀《ひで》くんだね」っていうんだ
ピアノだって
うまくひけるんだよ

おかあさん

卓ちゃんは　こころにも目がついているんだね
初日の出　みにいったとき
すごくきれいだったから
みんなワーッていって手をたたいたの
見えない卓ちゃんもワーッていって
いっしょに手をたたいたよ

いちねんせいになっても
卓ちゃんといっしょならいいな―

おじゃんこら

食べるときは
ちゃんと
おじゃんこらして食べなさい

ほら　こうしてね
おばあちゃんは
ひざをそろえています
なんだ　おすわりのことか

おすわりよりも

おじゃんこらのほうが
ビリビリッて
しびれをきらしてしまいそう

ことばってふしぎだね

でも　ちゃんと
おじゃんこらして
おばあちゃんが炊《た》いた
栗ごはんを
「いただきまぁ―す」

＊おじゃんこら＝おすわり　福島県の方言
（今は使われておりません）

ピンクのブタ

おばあちゃんちのブタは
うすーいピンク色です
どうしてかな?

おばあちゃんはいいました
ブタはよごれてくさいもの
人にはそんなふうに思われて

かわいそう
ブタは
ほんとはきれいずきなんだよ

おばあちゃんは
タワシにたっぷりせっけんぬって
ごしごし
ごしごし
洗います
からだじゅうのかたい毛が
おひさまをあびて
キラキラ

針のように光っています
いつかピンクのブタにのって
おもいっきり
原っぱを
かけてみたいな

にちようび

「起きなさい
いつまでも寝ていると
目がくさっちゃうよ！」
台所から
おかあさんの声

飛び起きて
水で目をぱちぱち洗う

ぼくを見ている
かがみのなかの
ぼく
だいじょうぶだ

今日のおかずは
ブロッコリーと
ベーコンエッグ
黄色の大きな目玉を
急いで食べて
サッカーの練習だ

おみまい

おじいちゃん
天使になって
バイバイなんてしないでね

入院中のおじいちゃん
一年生のひ孫の言葉は
元気のくすり

プリンにアイスを半分たべて
こりゃ―じごくにほとけだワ

笑顔いっぱいの
おじいちゃん

(しばらくは
天使になれそうもないね
おじいちゃん)

こんにゃく

だきあげた
三さいの男の子は
むっちりぬくい
つきたての餅《もち》

「あっ　おばちゃんのおっぱい
こんにゃくみたい！」

ピリ辛《から》こんにゃく
みそでんがく
煮しめにおでんにこんにゃくゼリー
大好物《だいこうぶつ》でも
じぶんの胸のこんにゃくを
食べることはできません

カナヅチ

おとうさん
泳ぎおしえて

池のカエルをよく見てごらん
ほら　じょうずに泳いでいるだろう?

カエルとおなじように
手と足を動かしたら

ちゃんと泳げるようになるよ
おとうさんもカエルを見て
れんしゅうしたの?

おとうさんが小さいときは
池もなかったし
カエルもいなかったから
おぼえられなかったんだ

(えっ、おとうさんカナヅチなんだ)

いせエビ

ベランダの
たぬきの置物こわしちゃった
こわしたんじゃない
枯れた花を
摘《つ》もうとしていただけなの
「気をつけなくちゃだめだよ」

おじいちゃんがおこると
眉《まゆ》と眉のあいだに
いせエビのしっぽができる

エビフライは大好きだけど
おじいちゃんのエビは
だーいきらい

きょうだい

五さいと七さいのきょうだいは
わんぱくざかり
ぶってぶたれて

わめくふたりを
母さんは
うら戸をあけ
つもった雪のなかに
すぽっと投げこむ

歯をガチガチならしながら
土間に立つきょうだい

「ほらほら　はやく入りな」
母さんは
こたつぶとんをまくり上げ
炭火《すみび》をかきたてる

ふたりは
首までこたつにもぐる
だまったまま

ミーとおばあちゃん

すてねこのミーは
おばあちゃんにミルクを飲ませてもらって
大きくなりました

花つみ　草取り　畑しごと
おばあちゃんのいくところ
ミーはどこにでもついていく

おばあちゃんは
肉球《にくきゅう》をほおにおしつけたり
体をやさしくなでなでしたり
ミーはされるがまま
ごろごろのどを鳴らします

いまは
100さいで寝たきりになったおばあちゃんと
年老いたミーは
頭をならべてねています

ふたりの夢を

のぞいてみると…

すきとおる青い青い空の下
ザクリザクリと稲を刈るおばあちゃん
刈りあとをかけめぐり
すばやいジャンプでバッタをとるミー
黄金色《こがねいろ》のあぜをいろどる
まっ赤なひがんばな

いつまでも
暮れない

一日

ほたる

パパとママ
じいじとばあば

それから　それから
しんせきの人がいっぱいあつまって
100さいでお星さまになった
ハナばあちゃんのお盆をしたよ

ばあちゃんが植えた

おおきなさくらの木の下で
バーベキューして
花火もしたよ

お空のばあちゃんに
おいしいにおい　とどいたかなー
きれいな花火　見えたかなー

あっ
さくらの葉っぱに
ふわっといっぴき
ほたるがきたよ

III

アナタは？

近所のデリカフーズやまもと
やきそば　やきとり　たいやき　たいこやき　おこのみやき…

軒下《のきした》の小さな縁台《えんだい》で
せいいっぱい口をあけ
たいこやきをつめこんでいる
むにゅとクリームが落っこちそう

―クリームたっぷりだね
―うん　おいしいよ
―坊やはなんさい？
―三さいだよ　アナタは？

アナタは？
の問いに　不意《ふい》をつかれて
とっさに言葉《ことば》がでてこない
くりんとした目がまっすぐ見上げる

―坊やのおばあちゃんより
ずっと　ずうっと年上だよ

—ふーん

やきとりを手に
おかあさんはにこにこながめている

—やきそば　おまたせしました

ポンポンダリアの
公園をよこぎる
昼食がわりのやきそばをさげて

「アナタは？」

どこまでもついてくる
あどけない声のリフレイン

＊リフレイン＝くりかえし

やさい畑

「アッ　死んでる」
「ほんとだ　死んでる」

ぎょっとしてふりむくと
小学生の男の子がふたり
スーパーマーケットの入り口に描《えが》かれている
大きな絵を見上げている

トマト　オクラ　ほうれん草…
描かれたやさいたちは
陽にさらされて
どれも色あせている

農家《のうか》そだちのわたしは
生きているやさいたちを
見せてあげたいなって思う

太陽をあびてぴかぴか光る
まっ赤なトマト
空にむかって

ツンとのびるオクラ
くろぐろとした土に
みどりの葉を広げるほうれん草

野菜はどれも
陽のにおい

ジャガイモやキュウリの葉っぱには
水玉もようのテントウムシだっているんだよ！

新型《しんがた》ウィルスのサバイバル

半ズボンの制服《せいふく》にランドセル
『新型ウィルスのサバイバル』を
胸にしっかりかかえ
少年は振《ふ》り子になって
お昼寝中です

ガラ空きの座席は
春の日ざしでいっぱいです

少年のかたむいた頭が
となりのおばさんの肩にふれ
とっさにしせいを正し
また　右に左にゆれています

向かい側の
作業服《さぎょうふく》の若者がふたり
少年を見てにこにこしています
ちいさい頭の重さに
おばさんもニンマリ

夢からさめた少年は

どんな顔して読むのかな
おばさんにはちんぷんかんぷんの
『新型ウィルスのサバイバル』

ねこが四匹

わたしの家には
ねこが四匹すんでいます

一匹は本箱の上に正座《せいざ》して
いつも遠くをみています
腿《もも》のあたりをぐいと押すと
ミャーミャーミャー
ちょっぴり悲しい声でなきます

一匹はテレビの横で
体をおもいっきりのばし
ふて寝しています
右手をつかむと　かんだかく
アッハッハ　アッハッハ
人間の声で笑います
しっぽを床に打ちつけながら
息もとまるほど笑いころげます

一匹はベッドのわきの壁にいます
れんげ草のなかで
ちょうちょを追いかけている

三毛《みけ》のこねこです
抱くこともできないし
声も出さないけれど
見ているだけで
心がほっこりしてきます

もう一匹はわたしの中にいる
見えないねこです
その日によって三匹のうちの一匹と
「遊びたいな」と思っている
やせっぽっちの
おばあちゃんねこです

ありがとう

坂を下りると
女の子が
T字路《ていじろ》のはしに立ちすくんでいる

突《つ》き当りの家の庭に
シェパードが
ねそべっている

「大丈夫よ」
声をかけて　手をつなぎ
ついそこまでをいっしょに歩く

塾《じゅく》の入り口で
女の子は
手をふりながら
「ありがとう」

ありがとう
心のなかで私もつぶやく

手のひらに残されている
やわらかい
ちいさな手のぬくもり

マニキュア

―これは眉《まゆ》に塗《ぬ》るものだから　さわっちゃダメよ―

そういって
自転車をキコキコならし
お姉さんは村役場《むらやくば》へ出勤《しゅっきん》

（さわっちゃダメならさわりたい）
鏡台前《きょうだいまえ》の

とうめいな小びんの液体《えきたい》を
すこしずつ眉に塗ってみた

ど、どうしたんだろう
眉毛がぺったりはりついて
そこだけ　てかてか光っている

必死《ひっし》になってこすると
消しゴムのかすみたいに
眉毛をまきこんで丸まっている

お姉さんにしかられる

びくびく　どきどきしていたら
かえってきたお姉さん
わたしの眉毛を見ると
涙ながして大笑い

(いまでも眉がうすいのは
いたずら防止の姉のひとこと
マニキュア事件の後遺症《こういしょう》なのです)

かくれ家

山にのぼると
ひとめで私の家がわかりました
うら庭の
大きなもみの木が二本

根元がふかくえぐれていて
しかられたときも
なかまはずれにされたときも

がらんどうの根元は小さな私のかくれ家でした

あれから何十年もたちました
体をささえきれなくなったもみの木は
とうのむかしに切りたおされて
切り株さえもありません

山にのぼっても
私の家を見つけることができません
かなしくなっても
かくれ家に逃げこむこともできません

私は　いまも
自分に合ったかくれ家を
さがし続けているのですが…

にゃんにゃんあそび

―バイバ～イ
―にゃんにゃんあそび　あしたもしようね―

幼いこどもたちが
手をふりながら
母親といっしょに電車をおりていく

赤ちゃんをだいた母親も

三歳《さい》ぐらいのこどもの手を引いて
次の駅でおりていった

それぞれ小さなマスクをして
今日はどこへお出かけだったのかしら

二駅間のさえずりが去って
からんとした午後の車両
無言の電車がはしる

換気《かんき》の窓から
春風がはいってくる

わたしをくすぐる
はずんだ声のくりかえし
―にゃんにゃんあそびしようね―

あとがき

この詩集は、世界の大人と子どもの詩誌『こだま』（一九九二年創刊〜二〇一八年終刊）に発表した作品に近作一編を加えました。

街で出会った子どもたちや、身近に接した甥や姪、その子どもたちの言葉を書きとめたものです。

二六年間『こだま』を主宰してこられた詩友、保坂登志子さんのお誘いがなければ、子どもの詩を書くこともなかったと思います。保坂さんには深く感謝しております。どうにか一冊の詩集にまとめることができました。

カットは清水郁菜《かな》さんが描いてくださいました。有難うございました。

この度の詩集の表紙は、長い間『こだま』の表紙を飾ってくださいました内山懋《つとむ》先生にお願いして、『こだま』の表紙の一枚を使わせていただきました。厚く御礼申し上げます。

出版に際しましては、七月堂の知念明子様に大変お世話になりました。心より御礼申し上げます。

二〇二三年八月　猛暑の日に

青山かつ子

著者略歴

青山かつ子

1943年福島県生まれ

詩集

『橋の上から』(1987年　詩学社)

『さよなら三角』(1995年　詩学社)

『あかり売り』(2001年　花神社)

『野菜のめぐる日』(2010年　水仁舎)

住所　〒274-0822

千葉県船橋市飯山満町3-112-100-207

おじゃんこら

二〇二三年十二月二日　発行

著　者　青山かつ子

発行者　後藤聖子

発行所　七月堂

〒一五四―〇〇二一

東京都世田谷区豪徳寺一―二―七

電話　〇三―六八〇四―四七八八

FAX　〇三―六八〇四―四七八七

july@shichigatsudo.co.jp

印刷・製本　渋谷文泉閣

ISBN 978-4-87944-549-0 C0092